분수령

The Watershed

분수령
The Watershed

차 례

제2부

Warm Night 포근한 밤

제3부

Presumptuous Expectations 주제넘은 기대

제4부

The Amazing Dot 놀라운 한점

제5부

Docking 도킹

분수령
The Watershed

이원로

The Watershed

Peaks upon peaks
My eyes surfing the ridge
Carried by the winding river
Reach the dazzling estuary

Where does it begin?
Where does it want to go?
Looking around and looking out
Mountain ridges flow in
And surge into water ridges

The mountain holds its place
And the water carries time
My eyes will climb the watershed
And look beyond the boundary.

분수령

봉우리 또 한 봉우리
능선을 서핑하는 내 눈
굽이굽이 강물에 실려
눈부신 어귀에 이르지

어디서 시작되는지
어디에 도달하려는지
둘러보고 내다보니
산마루가 흘러들어
물마루로 파도치지

산은 자리를 다스리고
물은 때를 나르는데
내 눈은 분수령에 올라
경계 너머를 내다보리

제1부

월동

Part I

Wintering

Friendship

Somewhere you came

Someday you'll go

Birds in the forest

The time we spent together

The gaze we looked at each other

Will be deeply engraved.

Friendship is always

Deeper than it looks

More mysterious than you think

Bowing to time

Dancing with the wind

Reeds by the stream

사귐

어디선가 와서
언젠가는 가지
숲속의 새들

함께한 시간
마주 보던 시선
깊이 새겨졌으리

사귐은 언제나
보기보다 깊고
생각보다 오묘하지

시간에 고개 숙이지
바람과 함께 춤추지
냇가의 갈대꽃들

Target

Tracking a target

Of course, it's possible

It's a matter of when and where

One chooses to gaze

Countless times have passed

Yet may have been overlooked, regretfully

Appearing similar

Yet fundamentally different

Appearing different

Yet fundamentally the same

What is captured in a moment

May achieve eternity

표적

표적의 추적은
물론 가능하지
언제 어디를
바라보느냐이지

수없이 지나왔지만
아깝게 지나쳤으리

같게 보이지만
실은 다르고
달리 보여도
실은 같으리

순간에 잡은 게
영원을 이루리

Evocation

What stirs the heart,

Makes the chest pound,

And brings tears

To the eyes?

Who stirs

Your thoughts,

Making you see

A dazzling future?

It must be something inside,

That is stirred up.

Does it come from the rings of age,

Or something that was placed long ago?

My gaze enters you,

Your smile enters me,

What does it stir up

In our heads and hearts?

환기

무엇이 마음을
불러일으켜
가슴이 뛰고
눈물 흘리지

누가 너의 생각을
불러일으켜
황홀한 미래를
보게 되는지

무언가 안에 있기에
불러일으켜졌으리
나이테에서 오는 건가
오래전에 넣어준 거리

내 눈빛은 네게 들어가
네 미소는 내게 들어와
우리의 머리와 가슴에
무얼 불러일으켜 주려나

Holding On

What do you want to hold on to?

At what time and place,

Will you hold on to it?

According to what you hold on to,

The way you will go will change,

The world will change.

Will you just save the empty net?

Will you hold on to the rope to climb up?

Will you receive a new name?

It is a momentous decision,

How can you not be afraid?

How can you not doubt?

Even on the day of dusk,

If you do not doubt what you have held on to,

Then you have held on to it correctly.

붙들기

무얼 붙들려느냐
어느 때 어느 곳을
붙들려나

붙드는 데 따라
갈 길이 달라지리
세상이 달라지지

빈 그물만 건질 건지
올라갈 밧줄을 붙들 건지
새 이름을 받을 건지

중대사의 결단이니
어찌 두렵지 않으랴
어찌 의심이 없으랴

저무는 날에도
붙든 걸 의심치 않으면
제대로 붙든 것이지

Baby

O baby,
Do not try to attract attention
by pulling an empty cart.

For a time,
they will cheer.

Do not make fun of the world
By wearing a mask
and walking a tight rope.

You will fall
somewhere along the way.

아기야

아기야
빈 수레 끌며
눈길 끌려 마라

한때야
환호하리

가면 쓰고
줄 타며
세상 놀리지 마라

두 군데쯤은
넘어가리

Inner World

The outside world is ultimately
The inner world that is kept.

Have I woken up?
The place is different,
I will be confused.
When is it?
I will be startled.

If you follow the outside world
to the end,
That mysterious place
will greet you from within
as if surprised.

The kingdom of heaven is
Within us, they say.

안 세상

밖 세계가 결국
간직된 안 세상이지

깨어난 건가
자리가 달라
혼동되리
어느 때인지
당황하리

밖을 끝까지
따라가면
불가사의한 그곳이
놀라는 듯 안에서
환영 인사를 하리

하늘나라는 본시
안에 있다고 하지

Unbeknownst to Me

How many kind things do I do
Unbeknownst to me?
How many bad things do I do
Unbeknownst to me?

Unwittingly,
The things I do
Can touch the heart,
Or make one harbor a terrible grudge.

Yesterday, today, and tomorrow,
Unbeknownst to me,
Heaven is opened,
Or hell is created.

모르는 사이

얼마나 많은 기특한 일을
저도 모르는 사이에 하지
얼마나 많은 못된 짓을
저도 모르는 사이에 하나

부지불식간에
하는 일들이
심금을 울리기도 하고
무서운 원한을 품게도 하리

어제와 오늘 내일도
모르는 사이
천국이 열려 지지
지옥이 만들어지리

The News

What news do you wait for so eagerly?
Doves perched in a group
On the branches of winter trees
Look beyond.

What hope did they send up,
And where did they
Bow their heads for
That hope to arrive?

Will the news be good
As much as they bow?
Will it be joyful
As much as they wait?

The one who waits has already
Received tomorrow as a gift.
The one who bows has already
Met the owner of the news.

소식

무슨 소식을 그리 기다리지
초겨울 나뭇가지 위에
옹기종기 올라앉아
너머를 내다보는 비둘기들

어떤 희망을 그들이
띄워 올렸기에
어디에 그 소망이 이르게
그들은 머리를 조아려 대지

조아리는 만큼
좋은 소식이 올 건가
기다리는 만큼
기쁜 소식일 건가

기다리는 이는 이미
내일을 선물로 받았지
조아리는 이는 이미
소식의 주인을 만났으리

The Source

Is bigness all that matters?

Is strength all that wins?

The small and unseen can pierce

The vital point of the great,

The very soft can shake

The center and topple the strong.

What is bigness?

What is strength?

The outward appearance is impressive,

But will the inner ripen?

Who will fill it with what

To strengthen it?

It is the strong but gentle light

Poured out from the source.

원천

크다고 다 셀 건지
세다고 다 이길 건지

작아 안 보이는 게
급소를 찔러
큰 걸 무너뜨리고
아주 부드러운 게
중심을 흔들어
센 걸 허물리

큰 게 어떤 건가
센 게 무엇인지

허우대는 멋진데
속이 잘 여물어질지
누가 무엇으로
채워 다져줄 건가
원천에서 쏟아부어 주는
강하나 부드러운 빛이지

Together

Uphill,
On the flat,
Downhill,
We all walk these paths.

Are we going to hurt each other?
Will there be any need to bleed each other?

Let's not make each other cry.
Let's not hurt each other.
Let's not make each other sad.
Let's not make each other afraid.

How can we bear
the look of sorrow?

The path is everyone's path.
Let's gather our thoughts together.
Let's incline our hearts together.
Let's walk this path together.

The shining tomorrow is already
destined to dawn.

서로

오르막길
평지길
내리막길
모두 지나가는 길

서로 상처 줄게 무언가
서로 피 흘릴 게 있으랴

서로 울리지 말자
아프게 하지 말자
슬프게 하지 말자
무섭게 하지 말자

비애의 눈빛을
어찌 감당하려나

길은 누구나의 길
생각을 서로 모아
마음을 서로 기울여
같이 밟고 가는 길

빛나는 내일은 이미
밝아오게 되어 있어

Wintering

The wintering plan for annuals may be
quite different from that for perennials.
As the remaining days shrink,
I thought they would shrink and tremble.

Did they breathe in the high sky
or swallow up the dazzling light?
What kind of proof did they receive?
The luster is still visible modestly.

Finally, not knowing how it will be,
Embracing the promise, entering into sleep.
They'll be awaiting the prepared gift,
with fingers crossed, on the last day.*

Will it be a futile wait?
Are we still feel sad and pitiful?
Acknowledging the difference between
here and there,
While the head nods, the heart is fretful.

* Daniel 12:13

월동

일년초의 월동 대책은
다년초와 아주 다르리
남은 날이 시들어져 가니
쭈그러져 떨 줄 알았으리

높은 하늘을 들이쉬어선가
눈부신 빛살을 삼켜 넣어선가
무슨 증표를 받아 넣었는지
다소곳이 윤기가 아직 보이네

드디어 어찌 될지 모르는
약속을 안고 잠에 들어가리
마지막 날에 받게 예비 된
선물*을 손꼽아 기다리리

허망한 기다림이 아닐지
아직 안타깝고 측은한지
여기와 거기가 다르다는걸
머리는 *끄덕*하나 가슴은 보채리

* 다니엘 12:13

제2부
포근한 밤

Part II
Warm Night

Warm Night

Pretending not to be,
Pretending to be calm,
Pretending to be transcendent,
The clouds are being blown away.

Pretending to be clever,
Pretending to be brave,
Pretending to be enlightened,
The river flows.

Autumn is fading away.
In the racing water and clouds,
The sunset is dazzling,
The reeds are flailing wildly.

Soon the dusk will set in.
Water, clouds, reeds, and all,
We all wish for a warm night,
Not a terrifying darkness.

포근한 밤

아닌 척
태연한 척
초월한 적
불려 가는 구름 떼

영특한 척
담대한 척
득도한 척
흘러가는 강물

가을이 저물어 가네
경주하는 물과 구름에
석양빛이 눈부신데
황망히 휘젓는 갈대 무리

곧 땅거미가 밀려들리
물과 구름 갈대와 모두
두려운 어둠이 아니라
포근한 밤을 맞길 바라지

Booby Trap

In every moment,

we make a trade.

Will it bring joy?

Or will it bring pain?

Sometimes, we make a trade that seems to be a loss, but it is actually a
gain.

Sometimes, we make a choice that seems to be a gain, but it is actually
a loss.

Be careful not to get caught in a booby trap.

Remember that you are not the only one who can make a difference.

Looking at the promise

Are you going to handle today?

The wisdom to put off will help you

to recognize the booby trap.

부비트랩

우리는 매분 매초
거래 가운데 살지
기쁨이 따라올지
고통을 불러올지

얻는 듯 잃는 거래
잃는 듯 얻는 선택
부비트랩에 걸리지 마시길
나 아니면 안 되는 게
세상에 없는 건 알고 있으리

약속을 바라보며
오늘을 감당하려나
물릴 줄 아는 슬기가
부비트랩을 분별하리

Drawing

I drew something

I couldn't see

It's amazing and strange

I moved my hands

As I was given,

as I was told

When I finished drawing

I realized I had drawn

something I couldn't see

그리기

볼 수 없는걸
그려냈다
놀랍고 신기하리

주는 대로
하라는 대로
손을 놀렸지

그려놓고 보니
못 보는걸
그려냈지

Roar

By a stream, in a field of reeds,
A woman hovers around,
Her hat pulled down low,
Her sunglasses on.

⟨ Is she trying to suppress the things
that are piling up inside her with anger? ⟩

She walks silently,
Looking at the sky and ground alternately,
As if trying to take in something,
Or shake something off.

⟨ The autumn leaves are carried away
on the setting rays of light. ⟩

Where does she want to stand?
How does she want to live?
She is honing her body,
Checking her mind.

⟨ From the launch pad being prepared,
the roar of ascension will be heard soon. ⟩

노호

냇물 가 억새밭에서
서성거리는 여인
모자 깊이 눌러쓰고
색안경을 끼었지

〈 안에 쌓이는 것들을
노여움으로 눌러 보려나 〉

묵묵히 땅과 하늘을
번갈아 살피며 걷네
받아 넣으려는지
털어 내려는지

〈 기우는 빛살에 실려
가을 잎들이 날려가지 〉

어디에 서려는 건지
어떻게 살려는 건지
몸가짐을 단련 중이리
마음가짐을 점검하리

〈 차려지는 발사대에서 곧
비상의 노호가 들려오리 〉

The Outstretched Hand

In the thick of a chilly, rainy night,

Struggling with all my might, on the brink of death,

Somewhere, a hand reached out to me,

I grabbed it, barely escaping and coming back to life.

Even if signals were sent in advance

to prevent falling into that abyss,

Becoming a slave to fear,

I might have missed the signs.

I am finally realizing

that there is

no way to live

without that help.

If I had held onto it from the beginning,

My suffering would have been avoided.

But the outstretched hand

Will not blame the timing.

내민 손

짙은 밤 찬 비바람 속을
죽을힘 다해 헤매다가
어디선가 내민 손 붙잡고
겨우 헤치고 살아나왔으리

거기 빠지지 않게 신호를
미리 보내주었건만
공포의 노예가 되니
눈치도 못 채고 스쳤으리

그 도움 없이는
사는 길이 없다는걸
이제야 겨우
깨닫게 되리

처음부터 붙들었다면
그 고생을 면했겠지
그러나 내민 손은
때를 탓하진 않으리

Reality and Illusion

In the lingering light of late autumn,

Wading through the stream,

I wondered if it was a school of golden carp

But it turns out to be the shadows

of grass and flowers dancing in the ripples.

On the dirt road,

waves of passing cars,

In the watercourse,

a spectacle of shadow play.

Which is reality,

and which is illusion?

Throughout a lifetime, what I've clung to,

is it substance or just a shadow?

Reality and illusion,

two parallel lines,

they run together,

until someday, somewhere,

they meet each other.

실상과 허상

늦가을 빛이 서성거리는
냇물에 어른거리는 게
금붕어 떼인가 했더니
잔물결 속에 춤추는
풀과 꽃 그림자들이네

땅길에는
차들의 물결
물길에는
그림자들의 무도
어느 게 실상이지
어느 게 허상인지
평생 잡고 매달린 게
실체인지 그림자인지

실상과 허상은
함께 달려가는
두 개의 평행선
언젠가 어느 곳에서
서로 만날 때까지

Dragon

Everyone knows that
dragons are fake,
So why do the descendants of dragons
conquer the world?

The seed of the dragon planted in ancient times has flourished through
the generations.

They pretend to be ignorant on the outside,
But they worship the dragon on the inside.

Even if they walk at the forefront of intelligence,
They are still no match for the power of the dragon.

Even in the heart of an astronaut,
The dragon will wriggle deeply.
Earthly games are more
attractive than heavenly food.

용

용이 가짜라는 건
세상이 다 아는데
용의 후예들이 어찌
세상을 석권하는지

태고에 심어진 용 씨가
대를 물리며 번창해 서리

밖으론 시치미 딱 떼고
안으론 용을 모시어 가지

지성의 첨단을 걸어도
용의 위력엔 역부족이지

우주비행사의 가슴에도
깊이 도사려 용이 꿈틀대리
하늘의 양식보다
땅의 게임이 더 마음을 끌지

The Longest Conversation

I was dumbfounded

Ijust stared at it in a daze

It's so amazing

I'm speechless

In those eyes

What did I see?

From that smile

What did I hear?

Without saying a word

We must have had the longest conversation

Without any expression

I must have poured out all my feelings

가장 긴 대화

어안이 벙벙하여
멍하니 쳐다만 보리
너무나 놀라워
말문이 막혀

그 눈빛에서
무얼 보았기에
그 미소에서
무얼 들었기에

한마디 말도 없이
가장 긴 대화를 했으리
아무런 표정 없이
속을 다 털어 냈으리

Digestion

There's so much good stuff

I eat them up greedily

I'll become a round frog

What should I do if I can't digest properly

Somethings I ate a long time ago?

What should I do with this regurgitated food?

Even though I know I won't be able to digest it,

I greedily eat whatever I find

So, I am busy looking for digestive aids

Eating is at my will

Digestion is not at will

Everything must be in place

소화

좋다는 게 너무 많아
게걸스레 퍼 넣는다
이러다 맹꽁이가 되리

아주 오래전에 먹은 것도
제대로 소화 못 시키지
생목만 오르내리니 어쩌리

소화 못 시킬 걸 알면서도
닥치는 대로 욕심내 먹어대지
그러니 소화제 찾기 바쁘리

먹는 건 제 맘대로겠지
소화는 맘대로가 아니리
모든 게 갖추어져야겠지

Transfer

The procession of dazzling colors
Wanders through the mountains and fields.
In the forest path, the maple leaves
Flurry about, trying to catch a transfer.

What is stirring
In your heart and mine?

You must have carefully searched
The network of transfer routes.
If you get on the wrong train,
You will end up becoming a space orphan.

I believe you must have firmly
Carved in your hearts where you are going.

We are all transfer passengers.
We must change trains every day and every hour.
We must board the transfer car properly
So that we don't become strangers when we arrive.

환승

눈부신 빛깔의 행렬이
산야를 누벼갈 때면
숲길에는 우수수 단풍들이
환승 차 잡느라 야단이지

너와 나의 가슴엔
무엇이 꿈틀대지

환승 차 노선 네트워크는
상세히 검색해 두었으리
차를 잘못 잡아타는 날엔
길 잃는 우주 고아가 되고 말리

갈 곳은 확실히
새겨두었겠지

우리는 모두 환승객
매일 매시 갈아타야지
도착해 낯선 이 안 되게
환승 차를 제대로 타야지

Victory

By the stream in early winter,

The reeds dance wildly.

Are they swaying,

Or overflowing?

Appearances and inner circumstances

Are not always the same.

Winds will pass by

Clouds will pass by

Follow the signal of time

All will pass by

As this disappears

The beyond will open up

Under the dazzling sky,

A new flag will fly

They will taste the joy of the paradox

Of winning only when they are broken

승리

초겨울 냇가에
갈대 춤이 한창이네
휘둘리는 건지
복받치는 건지

겉모습과 속 사정은
언제나 같지 않으리

바람도 지나가고
구름도 지나치리
시간의 신호 따라
모두 지나가리

여기가 사라지며
너머가 열려오리

눈부신 하늘 아래
새 깃발이 날리지
그들은 꺾여야 승리하는
역설의 기쁨을 맛보리

제3부

주제넘은 기대

Part III

Presumptuous Expectations

Alchemy

The cauldron of worry
Whirls and churns,
Trying to extract joy.
The furnace of anguish
Carves out a diamond
From chaos.

It burns away impurities
And retains the essence.
It chases away illusions
And solidifies truth.

Alchemy on earth
Failed
And was abandoned.
Alchemy in heaven
Never fails
And will be preserved forever.

연금술

고심은 소용돌이서
환희를 뽑아내려는
도가니
고뇌는 혼돈에서
금강석을 깎아내는
용광로

불순물을 태워버리고
알짜만 담아내리
허상을 쫓아내고
진상만 굳게 다지리

지상의 연금술은
실패하여
버려졌지
천상의 연금술은
결코 실패가 없지
영구히 보존되리

Wonderful World

The wonderful world
So deep and high
We can't imagine it
So we wander around
and grope for it

Both you and me
Water, wind, and clouds
Sun, moon, and stars
Time and space

The answer is hidden
everywhere in the universe
Haven't you seen it yet
or are you trying to confirm it?
How long will you keep going around?
The answer is yourself

놀라운 세상

놀라운 세상
너무 깊고 높아
가늠할 수 없기에
그걸 알아내려
돌며 더듬는다

너와 나 모두
물과 바람과 구름
해와 달과 별
시간과 우주

삼라만상 어디에나
해법을 넣어두었는데
못 보아 선가 확인하려는지
언제까지 돌고 돌려나
자기 자신이 해답인데

Countdown

Above, someone

Counts down the time

And below, we

Count down the launch

Breathing in its own way

Pulsation according to its cadence

They will count down without stopping

Whether it's a signal to start or to stop

We know it's planned

But only when the time comes

Will we know

that it's time

Perhaps

Until then

We will believe that

It is permitted and run

초읽기

위에서는 누군가
시간을 초읽기하고
아래서는 우리가
발사를 초읽기 하지

호흡은 나름대로
박동은 박자대로
쉬지 않고 초읽기 하리
출발인지 정지 신호일지

예정된 건 아는데
그때가 되어야
그때인걸
그때야 알리

아마도
그때까지는
허락된 줄로
믿고 달려가리

Wind is a Wave

Wind is a wave,

Light, sound and all,

The mind is also a wave,

What kind of wave comes in

And caresses the heart?

The wind touches the branches,

The waves shake the forest,

Something will happen inside too,

Just by looking at the surface,

It must have rung the deepest inside.

Who sends it?

Who takes it away?

The waves rise,

The heart shakes,

The soul rings.

바람은 물결

바람은 물결
빛도 소리도 모두
마음 또한 물결이지
어떤 물결이 들어와
가슴을 어루만지지

바람이 가지에 닿는다
물결이 숲을 흔들어 대지
무언가 안에서도 일어나리
겉모습만 보아도 필경
가장 깊은 속을 울렸으리

누가 보내는지
누가 거두는지
물결이 일지
마음을 흔들지
혼을 울리지

Book and Wallet

A woman in elegant attire,
Her face is not downcast,
But there is no bright smile.

Her pensive gaze is fixed
On something in between,
Neither forward nor backward.

The past is already gone,
And the future is invisible,
So hope and anxiety seesaw.

The book and wallet held tightly
in her hands stand out.
You can't tell the contents just looking
at the outside.

Perhaps she did not carelessly pick them up,
Mistaking the fake for the real,
Or mistaking junk for essentials.

책과 지갑

우아한 옷차림의 그녀
낙담한 얼굴은 아닌데
화사한 미소는 안 보이네

명상에 잠긴 시선은 어찌
앞도 뒤도 아닌 어중간한
어딘가에 깊이 박혀있는지

뒤는 이미 지나가 버렸고
앞은 바라봐야 안 보이니
기대와 불안이 시소를 타리

손에 포개 담아 깊이 안은
책과 지갑이 두드러져 보이네
겉만 보아 내용이야 알 수 없지

그녀가 가짜를 진짜로 잘못
잡동사니를 필수품으로 오인
경황 없이 챙기진 않았으리

Presumptuous Expectations

Suddenly, a flock of crows

Covers the bright sky

In a thick layer.

〈I thought I had driven them away

So they could not return.〉

How can the sound of a sad flute

Flow from somewhere deep

And create waves of gray?

〈I thought it would be stable

Enough not to be shaken.〉

Around this time

I believed things would be settled.

I guess it was a presumptuous expectation.

〈It's a thin ice surface for

Presumptuous expectations to walk on.〉

주제넘은 기대

난데없는 까마귀 떼가
높고 밝던 하늘을 온통
짙게 덮어 가려가는지

⟨얼씬 못하게
내쫓은 줄 알았더니⟩

비감한 피리 소리는 어찌
깊은 곳 어디선가 흘러나와
온통 회색 파도를 일으키지

⟨흔들리지 않을 만큼
충실한 줄 알았더니⟩

이맘때쯤이면
자리가 잡힐 거라 믿었지
주제넘은 기대였나 봐

⟨주제넘은 기대가
걸어갈 살얼음판이지⟩

Hatching Chick

Will it be night or day?
It doesn't know.

Will I be happy or sad?
It doesn't know.

When and where will it be?
It doesn't know.

When and where will it go?
It doesn't know.

With its head out, the hatching chick
Looks around in all directions.

부화될 병아리

밤일지 낮일지
모르지

기쁠지 서러울지
모르지

어딜지 어느 땔지
모르지

어디로 어느 때로일지
모르지

고개 빼고 두리번대리
부화될 병아리

Vortex

Vortex is not chaos.

The vortex of jet flames,
The rotation of electrons and galaxies,
The spiral ascent of genes.

It is the cheering of the departure station.

Can you hear the beat of circulation?
Can you see the spinning dance?
Can you feel the waves of change?

It is the welcoming crowd at the landing field.

소용돌이

소용돌이가 혼돈은 아니지

분사 화염의 소용돌이
전자와 은하의 회전
유전자의 나선 상승

시발역의 환호성이지

순환의 박동 들리지
선회의 무도 보이지
변혁의 파도 느끼리

착륙장의 환영인파지

Butterfly

A butterfly chases a flower
And wanders around.
The wind blows so hard
That even approach is difficult.

The wings struggle to catch it
And try to land countless times.
Just when it seems to touch it,
The wind blows it away in defeat.

On the stage of time
blown by the wind,
It will persistently perform
The role entrusted to it in life.

The fleeting smile is not
A wave of sadness.
It is not the trembling of determination.
It is simply an awkward flapping of the wings.

나비

나비가 꽃을 쫓아
주위를 배회하지
바람이 몹시 부니
접근조차 어려우리

잡으려 허덕이는 날개
수없이 착륙을 시도하지
닿을 듯 막 닿는 순간
바람이 낭패로 휘두르지

바람에 불리는
시간의 무대에서
삶이 맡겨진 연기를
집요하게 수행하리

스쳐 가는 미소는
비애의 물결은 아니리
결단의 떨림도 아니리
다만 멋쩍은 날갯짓이지

Joyful Light

What did you see?

What did you hear?

What touched you?

That's why it's a joyful light.

What kind of news is it?

What kind of promise is it?

What are these deeply planted?

Eyes beget eyes.

Opportunities lead to opportunities.

Promises call for promises.

Confidence grows confidence.

When the light comes in,

Everything planted inside

Blooms.

기쁜 빛

무얼 보았기에
들었길래
와 닿았기에
기쁜 빛이지

어떤 소식이지
무슨 약속이지
깊이 심어준 게

눈이 눈을 낳고
기회가 기회를 이끌리
약속이 약속을 부르고
확신이 확신을 키우리

빛이 들어오니
안에 심어둔 게
모두 피어나지

Wholeness

Past and present and future,

Earth and sun and universe,

You and me and all.

We cannot be whole

unless we are together,

So we will sing and dance together,

Look together,

and wait together,

Run together,

Raise each other up,

Until we are one body.

Until all are made whole,

No one will be whole,

Will not receive the promised gift.*

* Hebrews 11:40

온전

과거와 현재 미래
지구와 태양과 우주
너와 나와 모두

함께 아니면
온전할 수 없기에
어울려 노래하며 춤추리
함께 바라보고
기다리며
같이 달려가리
불러일으켜
한 몸 될 때까지

모두 온전히 될 때까지는
아무도 온전할 수 없으리
약속의 선물을 받지 못하리*

* 히브리서 11:40

제4부
놀라운 한점

Part IV

The Amazing Dot

Scenario

Separate but one,

One but separate,

A wonderful entanglement,

An inescapable bond.

Light and darkness will intersect,

Joy and agony will mix.

I hope it will be realized,

As it is kept in my heart.

I long to meet,

As I prayed for.

It is a painful and overwhelming,

But a beautiful scenario.

시나리오

따로지만 하나이지
하나지만 따로이지
놀라운 얽힘이 이룬
피할 수 없는 묶임이지

빛과 어둠이 교차하리
환희와 고뇌가 섞여가리

마음에 간직된 대로
이루어 지 길 바라지
간구한 기원대로
만나게 되길 갈망하리

아프고 벅차지만
아름다운 시나리오지

Prayer

All living things
Are destined to pray

The devout, of course
The mocking, in whispers
The rebellious, in hiding

Angels, in their own way
Humans, in their own way
Demons, in their own way

All are destined to pray
to preserve life

기도

살아있는 모두는
기도하게 되어 있지

경건한 이는 물론
비웃는 이는 살며시
거역하는 이도 숨어서

천사는 천사대로
사람은 사람대로
악마는 악마대로

모두 생명을 보전하려
기도하게 되어 있지

Proclamation

I live with it inside,

But how much do I truly know?

I will live most of my life not knowing.

Living within it,

Living thanks to it,

Passing by without knowing.

Every minute, every second,

I cling to it, I can't go on without its help,

But I will live my life not knowing what it is.

Clearly, it lives within me,

It is not to be confirmed,

It is to be proclaimed.

It is not seen, but it is there.

It is not a subject of debate,

but a world of conclusion.

선포

안에 지니고 살지만
진정 아는 건 얼마나 되지
대부분 모르며 살아가리

그 안에 살면서
그 덕분에 살며
모르고 지나지

매분 매초 매달려
도움 없이 못 견디면서도
무언지 모르며 살아가리

분명 안에 살지
확인될 게 아니라
선포해야 할 것이지

안 보이나 있지
토론의 대상이 아니라
결론의 세계이지

High Jumpers

We are all high jumpers,

Trying to leap

over the present,

To rise to the next.

It is difficult to enter,

But it will not be easy to exit.

Delicate strength and sweat

Must be well-balanced.

Pole vaulting is

A path of self-denial,

Drawn by something,

Unable to resist.

We must go with something

Beyond instinct.

The results will be very different

Depending on the motivation.

높이뛰기 선수

너와 나 모두는
높이뛰기 선수들
지금을 뛰어넘어
다음에 오르려 하지

들어가기도 어렵지만
나오기도 쉽지 않으리
정교한 힘과 땀이
잘 어우러져야 하지

장대 뛰어넘기는
무엇엔가에 끌려
하지 않고 못 배기는
자기부정의 경로

본능 이상의 것과
함께해야 하리
동기에 따라서
결과는 아주 다르리

Hallucination*

In the middle of

a profound conversation,

the key part is

not the words.

The more important the matter,

the more internal communication systems

and gestures are used

than clumsy speech.

I hope that the implicit deep information

that is secretly conveyed

with empathy

will not be disturbed by hallucinations.

* Intentionally generated AI disinformation

할루시네이션*

심오한 대화
가운데서도
핵심 부분은
말로가 아니지

중대한 사안일수록
어설픈 말솜씨보다
내부 전달체계
제스처가 동원되리

이심전심으로
은밀히 전달되는
암시적 심층 정보가
환각에* 교란 안 되길

* 의도적으로 생성된 AI의 허위 정보

Step

Where are your steps now,
Treading on?
Late autumn shadows,
Or the bank of a thawing river?

A panting step
Stays in place,
But a surprising step
Crosses eternity.

The passing change of seasons
Is a stage for stepping off.
Where are your steps going?
When are my steps going?

발짝

너의 발짝은 지금
어디를 밟고 가는지
늦가을 그림자들인지
얼음 풀리는 강변인지

숨 가빠 뛰는 발짝
제자리에 머무는데
놀라운 한 발짝은
영원을 가로지르지

스쳐 가는 환절기는
발짝 떼기 무대
너의 발짝은 어디로
나의 발짝은 언제로

A Move

Riding the rushing wind,

The seeds of reeds

Fill the sunset sky.

Everything it shows and tells

is a revelation,

So it's telling you to learn a move.

Today, as always,

It unfolds a stunning picture,

But how many will notice?

한 수

석양 하늘 가득히
몰아치는 바람을 타고
갈대꽃씨가 날리지

보여주고 들려주는 건
계시 아닌 게 없으리니
한 수 배워가라는 거리

오늘도 어김없이
놀라운 그림을 펼치는데
몇이나 알아채리 게 될지

The Taste of Life

The storm and the thunder

Drove away all

That was ripening

Let's not worry too much

About things that cannot be helped

Let's do what we can do properly

As the disappointment fades away

The next act will soon open

Isn't that the taste of life?

There is always a hint

The sound of the flag of hope

Waving somewhere already

That's it

The sound that shakes inside

When you look up

사는 맛

광풍과 뇌우에
익어가던 모두가
날아가 버렸지

어쩔 수 없는 걸로
너무 고심하지 말자
할 수 있는 거나 제대로 해

서운한 게 물러가며
다음 막이 곧 열려오리
그게 사는 맛이 아닌지

귀띔은 언제나 있지
기대의 깃발이 어느새
어딘가서 흔들리는 소리

바로 그거야
높이 우러러볼 때
안에서 흔드는 소리

Glance

Who are you, coming from where?

Who am I to go to?

A fleeting encounter

Shall become an eternal companion

In the radiant glow

Of astonishing light

Revealing distinctly

A sublime figure

Passing by in a daze

A moment of awe

Soul touching soul

Existence grasping meaning

For some reason

Sent by someone

The brushing glimpse

Becomes an immortal longing

일별

당신은 어디서 온 누구지
나는 어디로 갈 누구지
일별의 만남이
영원의 동행이 되리

후광이 비추는
놀라운 빛살에
완연히 드러나는
숭고한 자태

망연히 스쳐 간
경외의 순간
혼과 혼이 맞닿았지
존재가 의미를 깨달았지

왜인지
누가 보냈는지
일별의 스침이
불멸의 동경이 되지

November's Theme

Through the late autumn forest
where the leaves are flying,
The hidden sky
will pour in.

November's theme is moving.
Whether it is voluntary or forced,
Everyone is bustling about,
leaving or coming in.

The path of leaving is
An opportunity for escape
A time for maturity
as you run into the future.

On that path, everyone will meet
The one who is waiting for them
They will face a big change
with new awareness.

The wind will become cold and rough.
Don't let yourself be too attached
to your daily life,
So that you don't miss it.
Don't pretend not to know it even though you do.

11월 화두

잎이 날려가는
늦가을 숲을 뚫고
가려졌던 하늘이
쏟아져 들어오리

11월 화두는 이사
자의로인지 밀려선지
떠나가느라 들어오느라
모두 부산을 떨지

떠나가는 길은
탈출의 기회
미래로 달려가는
성숙의 시간

그 길 위에서 누구나
기다리는 이를 만나리
새로운 인식이 싹트는
큰 변화를 맞이하리

바람이 차고 거칠어지리
의식주에 너무 집착해
못 보고 지나치지 않길
알고도 모르쇠 잡지 마시게

The Amazing Dot

Here and now is a point in time

That cannot be replaced with anything.

We wonder how long

we have been spinning

To land on this point.

The eyes that meet each other,

The conversations we share,

The hearts that come together,

Are precious gifts that will never come again.

Don't think that it's nothing

Because it's just a scene from everyday life.

It's an opportunity that will never come again,

Only once.

On the waves of space-time that pass by,

A dazzling light shines.

Countless gazes will gather.

We will exchange something with each other.

We will be very busy taking commemorative photos.

놀라운 한 점

지금 여기는 무엇과도
바꿀 수 없는 시공의 한 점
얼마나 오래 돌고 돌다가
이런 한 점을 찍었는지
서로 놀라워 두리번대리

마주치는 눈빛들
나누는 서로의 대화
어우러지는 마음들
다시없는 선물이지

일상의 한 장면이라
별거 아니라 마시게
결코 다시 오지 않을
오직 한 번의 기회라네

스치는 시공의 물결 위로
황홀한 빛살이 번득이지
무수한 눈길이 모여들지
무언갈 서로 주고받으리
기념사진 찍기 몹시 바쁘리

제5부

도킹

Part V

Docking

Freebie

I live as a freebie,

Not even knowing I'm a freebie.

I don't even know who or why

Someone is giving me a freebie.

Yesterday was a freebie,

Today is a freebie,

So tomorrow, of course,

It will be a natural freebie.

In a world where there is no free lunch,

Where everything is give and take,

To give a freebie for free

Is unbelievable.

I've never done anything to deserve a freebie,

That someone would give me a valuable freebie,

The bigger the freebie,

The more my doubts grow.

덤

덤으로 살아가며
덤인 줄도 모르지
누가 왜 주는 건
더욱 모르지

어제도 덤
오늘도 덤이니
내일도 물론
당연한 덤이 되리

공짜 없는 세상
모두 주고받기인데
거저 덤을 준다니
믿어지지 않으리

덤 받을 일 한 적 없는데
값진 걸 덤으로 준다니
덤이 크면 클수록
의심만 더 커가리

Europa

Already a long time ago,
Invisibly and visibly,
You called and pulled me.

My heart was pounding with curiosity,
I held up my antenna,
And longed for the day we would meet.

Now that the time has come,
With long-waited wings of hope,
The flash of flight will burst.

Europa, the icy moon of Saturn,
Will greet a blissful ecstatic moment,
With messages of excitement from Earth.

Into the call that we hear,
Toward the wonders of the beginning,
The soul of pursuit will never stop.

Following the footsteps of Voyagers,
Through the interstellar and across the galaxy,
We will run beyond the spectacle of the Big Bang.

유로파

이미 오래전부터
보이게 안 보이게
불러 대고 끌어당겼어

호기심이 가슴 설레며
안테나를 곤두세우고
만날 날을 동경하였지

이제 시간이 무르익어
대망의 날개를 달고
비상의 섬광이 터지리

토성의 얼음 달 유로파
열광하는 지구 메시지로
황홀한 한때를 맞으리

들려오는 부름 속으로
시원의 경이를 향해
추구의 혼은 그침이 없으리

보이저의 자취를 따라
성 간을 지나 은하를 건너
빅뱅의 장관 너머로 달리지

Momentum

I can't see the figure,

But it keeps coming.

Who is it calling?

It's something to lament about.

I thought it would stop,

But then it continues.

Is it because the heart hurts?

Or is it because of hungry?

It seems to be a pity that

the long-awaited dream of a lifetime

was blown away without

even seeing the light of day.

The sound I hear

Is taking backward steps.

After taking a long step back,

It will clear a hurdle with momentum.

여세

모습은 안 보이는데
끊임없이 들려오지
누구를 부르는 건지
무언갈 개탄하는 것이지

그치려나 했더니
좀 있다가 또 이어지지
가슴이 아파선지
배가 고파선지

빛도 못 보고
날려가 버린
필생의 대망이
애석한가 보네

들려오는 소리가
뒷걸음을 치고 있지
뒤로 한참 물러섰다가
여세 몰아 뛰어넘으리

Docking

Upon earnest entreaty,
Stepping on the laid foundation,
Heading towards the tracks,
We shall take off.

It won't work out
Always as expected.
It won't be as scary
As you fear.

The scale there is
Different from here.

The next stage
Awaits only
When you first
Get on the track.

Just as our petition here
Docks there seamlessly,
The significance there
Shall dock here in harmony.

도킹

간청하기에
깔아준
발판을 딛고
궤도를 향해
비상하리

기대대로만은
풀리지 않으리
우려만큼은
무섭지 않으리

거기의 척도는
여기와 다르리

처음 궤도에
제대로 들어서야
기다리는 다음
무대가 열려온단다

여기의 탄원이
거기에 도킹 되듯
거기의 뜻이
여기에 도킹 될 거야

Dance with Photons

Between the December branches
Photons pouring down
When and where did they come from?
How much did they travel?
They greet me here and now.

With warmth,
With the power to rise,
With dazzling colors,
They give me a ecstatic world.
What shall I repay them with?
They politely request,
Change your shabby clothes,
Smile happily,
Ride their wave together,
Let's dance and sing together.

Fleeting time,
Cheerful faces,
Wind, clouds, and streams,
Carried by dance and song,
Merge into eternity.

광자와 춤

12월 가지들 사이로
쏟아져 내리는 광자들
언제 어디서 생겨나
얼마를 어디를 돌아
지금 여기서 나를 반기는지

따스함으로
솟아오를 힘으로
눈부신 빛깔로
황홀한 세상을
내게 안겨주는데
나는 무얼로 답례하지
누추한 옷 갈아입으란다
기쁜 미소 지으란다
자기네 파동을 같이 타고
어울려 춤추며 노래하잔다

스쳐 달려가는 시간
화기애애한 얼굴들
바람과 구름과 물길들
춤과 노래에 실려
영원 속으로 합류되지

Crossing

The first snow falls,
The last leaves fall,
Snowflakes mix with leaves,
The time for crossing has come,
The time to pass the baton.

What will I pass on?
Am I ready to pass it on?
What will you receive?
Are you ready to receive it?

Will you be happy to receive what I give?
Or will it only be a burden?
Did you long for what you will receive?
Or did you avoid it with reluctance?
Not everyone gets their way.

교차

첫눈이 내리지
마지막 단풍이 날리지
눈발이 단풍에 섞이리
교차의 시간이 왔지
배턴을 주고받을 때야

내가 물려줄 건 무어지
물려줄 준비는 되었는지
네가 받을 건 무엇일가
받을 태세는 되었는지

줄 것이 기뻐 받을 건지
부담만 안겨줄 건지
받을게 바라던 건지
꺼리며 피하던 건지
모두가 마음대론 아니리

Worry

Sending light, wind, water and fire,

The buds, flowers and fruits are abundant.

Earth is in splendor and heaven is glorious.

But what will happen beyond the end of the season?

The things of the future

Are beyond our reach.

They are not for you to worry about.

Just as tomorrow's worries

Will be dealt with by tomorrow.

The things of the beyond

Will be taken care of by the beyond.

Just hold on and don't be shaken.

Keep running straight ahead.

걱정

빛과 바람 물과 불을 보내
봉오리 꽃 열매가 풍성하니
땅엔 영화 하늘엔 영광이나
지는 계절 너머는 어찌 될는지

너머의 일들은
닿지 못하는 영역
네가 걱정할 데가 아니지

내일 걱정은 내일이 하듯
너머 것은 너머가 알아 하리
꼭 붙들어 흔들리지 말고
바로 달려만 가면 된단다

The Ordinary

The flowers are still in summer,

But the mountains are already embracing autumn.

Clouds traverse the sky,

And we cross the bridge.

Everyone is busy taking snapshots

To capture here and now.

Faces with only eyes alive,

Heads with only wide-open mouths.

Even though blooming and falling is ordinary,

Why does it seem so unfamiliar today?

On the bridge of intertwined paths and moments,

We say goodbye to each other with shouts.

Don't leave when we can't reach.

Don't hide where we can't see.

다반사

꽃은 아직 여름인데
산은 벌써 가을을 안았지
구름은 하늘을 가로지르고
우리는 다리를 건너가지

여기와 지금을 담아두려
모두 스냅사진 찍기 바쁘리
눈만 살아 있는 얼굴들
크게 벌린 입이 다인 머리들
피고 지는 건 다반사인데
왜인지 오늘따라 생소한지

얽힌 길 순간의 다리에서
서로 소리쳐 작별 인사 하네
닿지 못하는 때론 떠나지 말게
안 보이는 데로는 숨지 말게

Beyond the Black Hole

A fleeting premonition

Before I could even brace myself

I'm being sucked into a black hole

I must have been surprised and scared

There was nothing to grab or hold on to

I thought I was left alone

I'm swept away by the swirling vortex

My feelings and thoughts disappear

I fall into a deep sleep

I wake up startled by the sound of calling

I'm in a different world, when and where?

I wonder why I was so restless

I see that I'm hungry

It's a sign that I'm alive again

This is my first breakfast beyond the black hole

블랙홀 저편

스치는 예감이
자세를 잡기도 전에
블랙홀로 빨려들리

놀랍고 두려웠으리
잡으려나 붙들게 없으리
홀로 내버려졌나 했으리

몰아치는 소용돌이에 쓸려
느낌도 생각도 없어지리
얼마인지 깊은 잠에 들리

부르는 소리에 놀라 깨리
언제 어딘지 딴 세상 이리
왜 그리 법석였나 싶으리

허기가 드는 걸 보니
다시 살아난 증거리
블랙홀 저편의 첫 조반이지

The Stream

A person sitting alone

by the stream

What is he preoccupied with?

Should he cast his thoughts on the water

and wash away the impurities?

Should he talk to the sound of water

and pour out his feelings?

Is he going to plead with the flow

and try to hold on to the path?

The sound of the water must have called and dragged him in here

Will he realize the path of companionship

in the flow of the stream?

I hope he will see the path that is meant for him.

냇가

냇가에 홀로 앉은
저 사람
무얼로 골몰하지

생각을 물 위에 비춰
더럼을 씻어내려나
물소리와 상의하며
마음을 토로하려나
흐름에 애원하여
길을 붙들어 보려나

물소리가 불러 끌러왔으리
동행하는 길을 깨닫게 되려나
주어진 길을 보게 되길 바라지

Companion

Endlessly flowing water,

A road that stretches on forever.

They don't speak,

But they communicate their hearts and thoughts

With their eyes and gestures.

They follow wherever they are drawn,

Wherever their feet lead them.

There, they will surely find

A wondrous land unfolding before them.

A road that seems to have seen somewhere,

Water that seems to have been encountered before.

They probably both feel that way.

The place they came from and

the path they will take is the same,

So they will be submissive companions in peace.

동행인

끝없이 흐르는 물
한없이 걸어갈 길
서로 말은 없으나
눈짓과 몸짓으로
마음과 생각을 건네리

끌리는 대로
발을 놓아주는 대로
따라가 보면
분명 거기에 황홀한
나라가 펼쳐지리

어디선가 본 듯한 길
언젠가 만난 듯한 물
서로 아마 그리 느끼리
난 곳과 갈 길이 같으니
유유낙낙한 동행이 되리

Endless Joy

Only endless beginnings
I have told you over and over again

The vast universe, the microscopic world
All is nothing but beginnings
In the midst of unceasing movement
Only endless beginnings exist

If you only look at the surface, you will cry out
If you look deeply, you will not be afraid

Since it is only endless beginnings
We live within the eternal
Since it is endless beginnings
It is endless joy

끝없는 기쁨

끝없는 시작뿐이라고
누누이 알려주었지

대우주 미립자 세계
모두가 시작뿐이리
그침 없는 움직임 가운데
끝없는 시작만 있지

겉만 보면 울부짖게 되리
깊이 보면 두렵지 않으리

끝없는 시작뿐이니
영원무궁 안에 살지
끝없는 시작이니
끝없는 기쁨이지

영원한 기쁨을 향한 동행인의 꿈

이숭원

영원한 기쁨을 향한 동행인의 꿈

이숭원
(문학평론가, 서울여대 명예교수)

1. 우주적 영성의 추구

이원로 시인은 젊은 의학도 시절부터 시를 쓰기 시작했으나 공식적인 등
단은 늦게 했다. 그 이후 누구보다 열정적으로 창작에 전념하여 등단 35년
에 51번째 시집을 발간하게 되었으니 활동 시기를 기준으로 보면 가장 많은
시집을 간행한 시인이라 할 수 있다. 세계적인 임상의학자인 그가 시인의
길로 나서서 이렇게 진력한 이유가 있을 것이다. 그가 이렇게 시에 전념하
게 된 이유는 무엇일까?

그의 시에는 독자적인 세계관과 우주관이 담겨 있다. 시는 이것을 표현하
는 최적의 장르다. 시는 간결성과 암시성을 장르의 속성으로 지닌다. 시의

간결한 형식은 시인이 깨달은 순간의 진실을 담아내기에 적절하고 그것을 독자에게 알리기에도 적합하다. 시가 지닌 비유의 특성은 시인이 깨달은 오묘한 생의 비밀을 적절히 담아낼 수 있는 도구가 된다. 성경에 보면 예수는 비유를 많이 사용했다. 『마태복음』에서 제자가 왜 비유로 말씀하시느냐고 묻자, 예수는 하늘나라의 비밀을 알아들을 수 있는 사람에게만 전달하기 위해 그렇게 한다고 답했다. 하늘나라의 오묘한 비밀을 평범한 일상의 말로는 전하기 어렵고 비유로 말해야 순종하는 마음을 가진 사람이 그 뜻을 이해하게 된다는 대답일 것이다. 이원로 시인은 바로 이 점에 착안하여 자신이 사유하여 깨달은 내용을 시의 간결한 형식과 비유의 화법에 담아 전달하려 했다. 그러한 시도를 통해 자신의 깨달음도 더욱 분명해지고 그것을 읽는 독자의 마음도 새롭게 열린다고 생각했을 것이다.

이원로 시인은 시를 통해 독자적 세계관을 드러내기 때문에 단순한 의미의 시인이라고 하기 어려운 점이 있다. 그의 시는 우주적 영성靈性의 세계를 추구한다. 한시적 육체의 제한된 시야에서 벗어나 거시적인 우주의 조망으로 생명과 영혼의 영원함을 사유하려 한다. 영성의 시각에서 보면 지구와 태양계와 우주는 한 울타리다. 모두가 하나의 집이다. 그것을 바라보고 생각하는 나 자신도 하나의 작은 우주이고 생명이 깃든 집이다. 그가 꿈꾸는 평화는 평범한 인간 세상의 평화가 아니라 생태계의 평화요 우주의 평화다. 현실 세계는 그러한 꿈의 실현과는 거리가 먼 비루한 상태에 머물고 있다. 이러한 현실에 안주한 사람들에게 깨우침을 전하여 영원으로 가는 길을 안내하려고 그는 시를 쓴다. 그의 시에 대한 정념은 독자를 계몽의 차원으로 이끌려는 의지와 맞물려 있다. 그 정념은 그를 다시 계시의 국면으로 이끌어 황홀한 축복을 체험케 한다. 이러한 우주적 영성의 표현은 한국 시에서 접하기 힘든 독창적 영역이다.

2. 온전한 전체로서의 삶

이원로 시인의 시는 크게 두 가지 주제로 나눌 수 있다. 하나는 세계와 우주의 실상을 암시하는 계시적 작품이고, 또 하나는 일상의 차원에서 삶의 교훈을 심어주려는 교시적 작품이다. 이 두 계열은 서로 연결되어 있어서 그 경계선이 명확히 구분되지는 않는다. 크게 보면 전자의 작품은 후자의 작품을 지탱하는 기본 원리가 된다. 논리적으로 말하면 세계와 우주의 실상이 이러하므로 우리는 이런 삶을 살아야 한다는 이야기가 성립된다. 원리가 없이 행동의 지침만 제시하는 것은 실효성이 없다. 시인이 생각하는 세계와 우주의 원리는 오랜 묵상의 결과 숙성되어 정착된 것이다. 따라서 그의 시를 읽을 때도 원리의 측면을 먼저 파악하고 현실 적응의 측면을 파악해야 순조로운 이해에 도달할 수 있다.

시집의 맨 앞에 도입의 시가 있고 맨 끝에 마무리 시가 있다. 이 두 편의 시를 함께 읽으면 시인의 세계관을 이해할 수 있다.

봉우리 또 한 봉우리
능선을 서핑하는 내 눈
굽이굽이 강물에 실려
눈부신 어귀에 이르지

어디서 시작되는지
어디에 도달하려는지
둘러보고 내다보니
산마루가 흘러들어

물마루로 파도치지

산은 자리를 다스리고
물은 때를 나르는데
내 눈은 분수령에 올라
경계 너머를 내다보리

―「분수령」 전문

끝없는 시작뿐이라고
누누이 알려주었지

대우주 미립자 세계
모두가 시작뿐이리
그침 없는 움직임 가운데
끝없는 시작만 있지

겉만 보면 울부짖게 되리
깊이 보면 두렵지 않으리

끝없는 시작뿐이니
영원무궁 안에 살지
끝없는 시작이니
끝없는 기쁨이지

「분수령」이 프롤로그 작품이고 「끝없는 기쁨」이 에필로그 작품이다. 이 두 작품에는 공통점이 있는데 그것은 상반되고 모순되는 개념을 통합하여 하나로 보려는 시각이다. 이 통합의 시각이 그의 세계관, 우주관의 핵심이 된다. 그의 시집에는 영문 표기 작품이 병기되어 있는데 이 영문 작품을 보면 작품의 의미가 더 잘 파악된다. 이원로 시인은 세계적 보편성을 염두에 두고 늘 영문을 함께 적어 세계인이 읽을 수 있도록 한다.

'분수령'은 흐르던 물이 둘로 나뉘는 지점이다. 큰 봉우리가 있으면 물은 둘로 나뉘어 흐른다. 높은 지점에 올라 이 봉우리와 저 봉우리의 능선을 보면 그 아래 강물이 흘러 저 멀리 눈부신 어귀에 도달하는 장면이 눈에 들어온다. 물의 시작과 끝을 함께 바라보니 산마루가 물을 따라 흘러들어 물마루로 합류하는 모양을 통해 높은 곳과 낮은 곳이 연결되어 있음을 알게 된다. 그 둘은 대립이나 분화의 장소가 아니라 통합의 공간이다. 산은 그 자리에 머물러 있고 물은 흐르는 모양을 보이니 그 둘이 다른 것 같지만, 사실 그 둘은 연결된 하나의 공간이다. 시인은 분수령에 올라 경계선 너머를 내다본다고 했다. 경계선 너머 더 높은 곳에서 보면 산과 물이 하나고 봉우리의 분수령과 물의 어귀가 하나임도 알게 된다.

이러한 프롤로그로 시작한 시집은 에필로그 작품에서 시인의 뜻을 조금 더 분명하게 드러낸다. 시인은 모든 움직임이 끝없는 시작의 연속이라고 이야기한다. 우주가 무한하고 무량한 것 같지만 사실은 작은 미립자의 끝없는 연합이다. 보는 관점에 따라 우주는 무한할 수도 있고 무한히 작을 수도 있다. 우주를 구성하는 모든 미립자는 결속된 상태로 끝없이 유동하고 있으니, 만물의 움직임은 끝없는 시작이라고 할 수 있다. 변하고 사라지는 측면만 보면 소멸과 파괴의 결과가 두렵지만, 그 안에 있는 미립자의 연쇄를 보면 끝없는 생성의 연속이니 두려움을 가질 필요가 없다. 소멸과 파괴는 겉모습이고 그 이면에 우주 만물의 영원한 순환이 있다. 끝없는 시작이라는 인식을 확보하면 우리는 영원무궁 속에 살게 된다. 죽음의 두려움에서도 벗어나게 된다. 우주는 끝없는 시작이고 그 안에 영위되는 삶은 끝없는 기쁨이다. 봉우리에서 갈라진 물이 강어귀에 이르면 강은 바다로 흐르고 바다는 다시 수증기로 증발하여 하늘의 구름으로 상승한다. 미립자의 끝없는 생성이 이어진다. 그러니 우주, 세계, 인생은 끝없는 생성의 연속이다. 이렇게 되면 늙음도 죽음도 두렵지 않다. 우리는 우주와 한 몸이 되어 영원무궁의 존재성을 갖는다.

이러한 세계관을 지니면 완전한 전체로서의 삶을 살게 된다. 전체로서의 삶의 모형은 이원로의 시에 다양한 양상으로 제시된다. 가령 「승리」에서 갈대가 바람에 날리다 꺾이는 장면을 보게 되는데, 일반적인 시각으로는 갈대가 바람에 강제로 꺾였다고 생각할 것이다. 그러나 이원로 시인의 융합적 사유 속에서 갈대의 꺾임은 새로운 시작이고 승리다. 바람에 휘둘리다 꺾이는 겉모습만 보지 말고 그 너머의 실상을 파악해야 한다. 경계 너머의 깊은 곳을 바라보면 새로운 현상을 깨달을 수 있다. 시간의 흐름에 따라 모든 사물은 지나가게 되어 있다. 그것이 자연과 우주의 순리다. 그러한 순리의 전개 속에 시간의 흐름에 따라 하나가 사라지면 다음 세계가 열리는 것을 볼 수 있다. "눈부신 하늘 아래/ 새 깃발이 날리"는 진실을 보게 된다. "꺾어야 승리하는 역설의 기쁨"이 그것이다.

갈대가 바람에 꺾이는 것은 자연의 순리에 따르는 것이고 그것을 통해 거대한 우주의 일원으로 흡수된다. 미립자의 파동은 잠시도 쉬지 않고 이어져 다른 무엇의 에너지로 전이되고 다음 해 봄이면 다시 갈대의 숲으로 무성하게 채워지게 된다. 이것이 자연의 섭리이고 그것을 제대로 알면 인생의 승리자가 된다. 「온전」에서 노래한 것처럼 시인은 과거와 현재와 미래, 지구와 태양과 우주, 너와 나와 모두가 온전히 한 몸이 되는 순간을 소망한다. 어울려 노래하며 춤추고 함께 바라보고 같이 달려가는 상태가 되어야 온전한 전체(Wholeness)가 될 수 있다. 온전한 전체로서의 삶이 그가 소망하는 이상적 경지다. 그러한 이상적인 상태가 시각적 현상으로 나타난 모습을 다음과 같이 표현했다.

12월 가지들 사이로
쏟아져 내리는 광자들
언제 어디서 생겨나
얼마를 어디를 돌아
지금 여기서 나를 반기는지

따스함으로
솟아오를 힘으로
눈부신 빛깔로
황홀한 세상을
내게 안겨주는데
나는 무얼로 답례하지
누추한 옷 갈아입으란다
기쁜 미소 지으란다
자기네 파동을 같이 타고

어울려 춤추며 노래하잔다

스쳐 달려가는 시간
화기애애한 얼굴들
바람과 구름과 물길들
춤과 노래에 실려
영원 속으로 합류되지

　　　　　　　　　　　　　　　　—「광자와 춤」 전문

　12월의 경관을 이렇게 찬란한 빛의 향연으로 표현한 시는 없었을 것이다. 12월 마른 가지 사이로 광자光子가 눈부시게 쏟아져 내린다고 했다. 여기서 '광자'는 광양자의 준말로 빛의 요소가 되는 입자를 말하는데, 빛의 속성을 에너지를 갖는 입자의 집합으로 보는 양자물리학의 개념 용어다. 빛은 단순한 파동이 아니라 에너지를 갖는 입자로 다양한 환경에서 운동 에너지를 방출한다. 그러니까 텅 빈 허공처럼 보이는 이 대기에 무수한 빛의 에너지가 내재해 있는 것이다. 12월 마른 나뭇가지들 사이로 어디서 어디를 거쳐왔는지 알 수 없는 무수한 광자들이 쏟아져 내려 나를 반긴다고 했다. 미립자인 광양자의 에너지가 나에게 전이되는 양상을 그렇게 표현했다. 눈에 보이는 것이 전부가 아니라 보이지 않는 데 에너지가 있다는 사실을 알아야 한다. 전체(Wholeness)라고 할 때는 눈에 보이지 않는 미립자, 광양자의 에너지까지 함께 포괄해야 전체라고 말할 수 있다.
　이렇게 세상을 보면 텅 빈 허공에 무한한 에너지가 함축되어 있음을 깨닫게 된다. 그것을 고려해야 비로소 영원무궁을 이야기할 수 있다. 이 광양자, 이 미립자의 무수한 군체가 나를 따스하게 힘차게 눈부시게 껴안아 황홀한 세상을 선사한다. 영원무궁의 파동에 함께 참여하여 새 옷을 갈아입고 기쁜 미소 지으며 춤추고 노래하자고 시인은 권유한다. 12월 겨울의 대기가 축제에 동참하기를 권유한다고 시인은 본 것이다. 결국 자연과 우주의 거대한 품 안에 노래와 춤으로 안겨 영원과 합류하면서 맑고 밝은 얼굴이 널리 퍼진다. 이것이 겨울의 서정이고 자연과 우주의 영원한 노래다.

3. 영원한 시작과 영원한 기쁨

이러한 세계관을 가지고 있으면 삶의 방식이 어떻게 변화하는가? 그것이 문제다. 새로운 인식으로 행동이 변해야 인식의 가치가 제대로 입증된다. 새로운 인식으로 어떻게 삶이 변하는가, 이것이 문제다.

> 너와 나 모두는
> 높이뛰기 선수들
> 지금을 뛰어넘어
> 다음에 오르려 하지
>
> 들어가기도 어렵지만
> 나오기도 쉽지 않으리
> 정교한 힘과 땀이
> 잘 어우러져야 하지
>
> 장대 뛰어넘기는
> 무엇엔가에 끌려

하지 않고 못 배기는

자기부정의 경로

본능 이상의 것과

함께해야 하리

동기에 따라서

결과는 아주 다르리

— 「높이뛰기 선수」 전문

　세상을 사는 것을 높이뛰기에 비유했다. 우리는 모두 현재에 만족하지 않고 다음을 향해 뛰어오르려 한다. 그 과정은 쉽지 않다. 지금의 상황을 뛰어넘어 다음 단계로 들어가기도 어렵고 새로운 단계에서 나오기도 어렵다. 이것은 높이뛰기 선수의 동작을 보면 이해할 수 있다. 높이 뛰기는 했으나 턱에 걸리거나 착지를 잘못하면 시도가 허사가 된다. 숙련된 연습과 오랜 노력이 잘 어우러져야 성공할 수 있다. 이곳을 뛰어넘어 어딘가로 오르려는 욕망은 본능에 속한다. 우리는 현실에 만족하지 못하고 이 자리에 있는 자신을 부정하려 한다. 그러한 자기부정의 심리가 우리에게 있다. 그러나 오르려는 욕망만 가지고는 이루는 것이 없다. 힘과 땀이 있어야 한다. 본능을 넘어서는 추진력과 용기와 새로운 인식이 있어야 한다. 나와 우주가 하나라는 인식이 있어야 미립자의 도약, 에너지의 상승을 꾀할 수 있다. 새로운 인식을 마음에 새기고 장대뛰기를 하느냐 마느냐에 따라 결과는 전혀 다르게 나타난다. 행동하기 이전에 분명한 인식을 갖추는 일이 성공의 비결이다. 확고한 인식이 가장 중요하다. 분명한 인식을 단단히 지니고 장대뛰기에 성

공하면 다음과 같은 환희의 세상이 열린다. 새로운 세계의 개진이다.

　끝없이 흐르는 물
　한없이 걸어갈 길
　서로 말은 없으나
　눈짓과 몸짓으로
　마음과 생각을 건네리

　끌리는 대로
　발을 놓아주는 대로
　따라가 보면
　분명 거기에 황홀한
　나라가 펼쳐지리

　어디선가 본 듯한 길
　언젠가 만난 듯한 물
　서로 아마 그리 느끼리
　난 곳과 갈 길이 같으니
　유유낙낙한 동행이 되리

―「동행인」 전문

　우주의 전개는 무한하고 찬란하다. 물은 끝없이 흐르고 길은 한없이 이어
져 있다. 우리는 그 무한한 길을 걸어가는 작은 존재다. 그 길을 걷는 우리

모두는 동행인들이다. 서로 말은 없어도 동등한 인식을 갖추고 있으면 눈짓과 몸짓만으로 마음과 생각을 주고받을 수 있다. 새로운 인식을 공유한 동행인들은 마음 끌리는 대로 발길 닿는 대로 걸음을 옮겨도 분명 황홀한 나라에 이르게 된다. 동기와 원인에 따른 당연한 결과다. 이러한 행로가 한 번으로 끝나는 것이 아니다. 수없이 반복되고 영원무궁 이어지기에 이러한 인식을 공유한 사람들은 늘 친근한 풍경을 대하는 삶의 동행인들이다. 동행인은 동류의 기쁨을 느낀다. 걸어온 길과 도착한 장소가 같고 동기와 원인이 같으니 그 길은 영원무궁한 기쁨의 행로. 이것을 시인은 "유유낙낙한 동행"이라고 했다. 우주의 순리에 순응하는 동반자가 된다는 뜻이다.

이 상태는 이 글의 앞에서 보았던, 이 시집의 에필로그 작품에 나오는 "끝없는 기쁨"에 해당하는 행동이다. 그 시에서 끝없는 시작은 끝없는 기쁨이라고 했다. 우리는 어딘가로 가고 있지만 사실은 어디에서 시작한 것이다. 시작한 행로를 끊임없이 걸어 어디에 이르는데 그것은 또다시 새로운 시작이 된다. 이러한 인식을 철저히 영혼과 정신에 새기면 우리의 삶은 영원한 시작이고 영원한 기쁨이 된다. 죽음도 새로운 시작이고 새로운 기쁨이다. 그렇게 우리는 영원을 살게 된다. 만일 지금 우리가 인생의 괴로움에 시달리고 있다면 이 인식을 철저하게 마음에 새겨야 한다. 이 인식을 뚜렷이 가다듬으면 세상의 괴로움에서 벗어나 영원한 기쁨에 이를 수 있다. 이것은 추상적 신비주의가 아니라 과학적 인식의 결과다.

이원로 시인은 이러한 과학적 인식의 결과를 종교의 복음처럼 시의 형식으로 세상에 전파하는 진리의 전도사다. 시는 간결한 형식과 비유의 구성으로 진리의 복음을 대중에게 유용하게 전파하는 유효한 양식이다. 이원로 시인의 문학적 실천은 그가 추구하는 영성靈性의 지혜를 세상에 아름답게 전하려는 예술적 방책이다. 그의 시 창조는 그의 신념을 따라 무한히 이어질 것이다. 그의 헌신이 그에게도 우리에게도 "끝없는 기쁨"을 선사해 줄 것이라고 굳게 믿는다.▨

저자 약력

Lee Won-Ro

Poet as well as medical doctor (cardiologist), professor, chancellor of hospitals and university president, Lee Won-Ro`s career has been prominent in his brilliant literary activities along with his extensive experiences and contributions in medical science and practice.

Lee Won-Ro is the author of fifty one poetry books along with twelve anthologies. He also published extensively including ten books related to medicine both for professionals and general readership.

Lee Won-Ro`s poetic world pursues the fundamental themes with profound aesthetic enthusiasm. His work combines wisdom and knowledge derived from his scientific background with his artistic power stemming from creative imagination and astute intuition.

Lee Won-Ro`s verse embroiders refined tints and serene tones on the fabric of embellished words.

Poet Lee Won-Ro explores the universe in conjunction with his expertise in intellectual, affective and spiritual domains as a specialist in medicine and science to create his unique artistic world.

This book along with "the Seed of Eternity", "Milky Way In DNA", "Signs of Recovery", "Applause", "Invitation", "Night Sky", "Revival", "The Promise", "Time Capsule", "The Tea Cup and the Sea", "The Tunnel of Waves", "The Tomorrow within Today", "Our Home", "The Sound of the Wind", "Flowers and Stars", "Red Berries", "Dialogue", "Corona Panic", "Chorus", "Waves", "Thanks and Empathy", "A Mural of Sounds", "Focal Point","Day Break", "Prelude to a Pilgrimage", "Rehearsal","TimeLapse Panorama", "Eve Celebration", "A Trumpet Call", "Right on Cue", "Why Do You Push My Back", "Space Walk", "Phoenix Parade", "The Vortex of Dances", "Pearling", "Priming Water", "A Glint of Light", "The River Unstoppable", "Song of Stars", "The Land of Floral Buds", "A Flute Player", "The Glow of a Firefly", "Resonance", "Wrinkles in Time", "Wedding Day", "Synapse". "Miracles are Everywhere", "Unity in Variety" and "Signal Hunter" are available at Amazon.com/author/leewonro or kdp.amazon.com/book shelf(paperbacks and e-books).

이원로

시인이자 의사(심장전문의), 교수, 명예의료원장, 전 대학교총장인 이원로 시인은 월간문학으로 등단, 『빛과 소리를 넘어서』『햇빛 유난한 날에』『청진기와 망원경』『팬터마임』『피아니시모』『모자이크』『순간의 창』『바람의 지도』『우주의 배꼽』『시집가는 날』『시냅스』『기적은 어디에나』『화이부동』『신호추적자』『시간의 주름』『울림』『반딧불』『피리 부는 사람』『꽃눈나라』『별들의 노래』『멈출 수 없는 강물』『섬광』『마중물』『진주 잡이』『춤의 소용돌이』『우주유영』『어찌 등을 미시나요』『불사조 행렬』『마침 좋은 때에』『나팔소리』『전야제』『타임랩스 파노라마』『장도의 서막』『새벽』『초점』『소리 벽화』『물결』『감사와 공감』『합창』『코로나 공황』『대화』『빨간 열매』『꽃과 별』『바람 소리』『우리집』『오늘 안의 내일』『파도의 터널』『찻잔과 바다』『타임 캡슐』『약속』『소생』『밤하늘』『초대장』『박수갈채』『회복의 눈빛』『DNA 안 은하수』『영원의 씨』 등 51권의 시집과 12권의 시선집을 출간했다. 시집 외에도 그는 전공 분야의 교과서와 의학 정보를 일반인들에게 쉽게 전달하기 위한 실용서를 여러 권 집필했다.

이원로 시인의 시 세계에는 생명의 근원적 주제에 대한 탐색이 담겨 있다. 그의 작품은 과학과 의학에서 유래된 지혜와 지식을 배경으로 기민한 통찰력과 상상력을 동원하여 진실하고 아름답고 영원한 우주를 추구하고 있다. 그의 시는 순화된 색조와 우아한 운율의 언어로 예술적 동경을 수놓아간다.

이원로 시인은 과학과 의학 전문가로서의 지성적, 감성적, 영적 경험을 바탕으로 그의 독특한 예술 세계를 개척해 가고 있다.

이 시집을 비롯하여 『DNA 안 은하수』『회복의 눈빛』『초대장』『밤하늘』『소생』『약속』『타임캡슐』『찻잔과 바다』『파도의 터널』『오늘 안의 내일』『우리집』『바람 소리』『꽃과 별』『빨간 열매』『대화』『코로나 공황』『합창』『물결』『감사와 공감』『소리 벽화』『초점』『새벽』『장도의 서막』『타임랩스 파노라마』『전야제』『나팔소리』『마침 좋은 때에』『어찌 등을 미시나요』『우주유영』『불사조 행렬』『춤의 소용돌이』『진주잡이』『마중물』『섬광』『멈출 수 없는 강물』『별들의 노래』『꽃눈 나라』『피리 부는 사람』『반딧불』『울림』『시집가는 날』『시냅스』『기적은 어디에나』『화이부동』『신호추적자』『시간의 주름』 등은 아래에서 구입할 수 있다.

Amazon.com/author/leewonro와

kdp.amazon.com/bookshelf(paperbacks and e-books)

이원로 51번째 시집

분수령 The Watershed

초판 인쇄 · 2024년 2월 25일

초판 발행 · 2024년 3월 1일

지은이 · 이원로

펴낸이 · 이선희

펴낸곳 · 한국문연

서울 서대문구 증가로29길 12-27, 101호

출판등록 1988년 3월 3일 제3-188호

편집실 | 서울 서대문구 증가로31길 39, 202호

대표전화 302-2717 | 팩스 · 6442-6053

디지털 현대시 www.koreapoem.co.kr

이메일 koreapoem@hanmail.net

ⓒ 이원로 2024

ISBN 978-89-6104-350-2 03810

값 15,000원